# CATALOGUE

—◦—

## VENTE

# E. DELABRIERRE

*SCULPTEUR*

PARIS

IMPRIMERIE Vᶜ RENOU ET MAULDE

RUE DE RIVOLI, 144

# CATALOGUE

DE

# GROUPES ET SUJETS

## EN BRONZE

PAR

# E. DELABRIERRE

*Sculpteur*

DONT LA VENTE AURA LIEU

## HOTEL DROUOT, SALLE N° 8

### Le Jeudi 23 Décembre 1886

A DEUX HEURES PRÉCISES

Mᵉ Léon TUAL, COMMISSAIRE-PRISEUR
rue de la Victoire, n° 56

EXPERTS :

M. BOUHON
FABRICANT DE BRONZES
rue Debelleyme, n° 12

M. DACHERY
rue des Filles-du-Calvaire, n° 7

CHEZ LESQUELS SE DISTRIBUE CE CATALOGUE.

## EXPOSITION PUBLIQUE

*Le Mercredi 22 Décembre 1886, de 1 heure à 5 heures*

## PARIS — 1886

# CONDITIONS DE LA VENTE

Elle sera faite au comptant.

Les Acquéreurs paieront CINQ POUR CENT en sus du prix d'adjudication.

# DÉSIGNATION

37 — Famille de cerfs.

38 — Épagneul, Poule d'eau.

39 — Braque, Perdrix.

40 — Levrette.

41 — Bécasseau.

42 — Mésanges.

43 — Deux Perdrix.

44 — Faisan au rat d'eau.

45 — Bergeronnettes.

46 — Deux Perdrix.

47 — Famille de bécasses.

48 — Colibris.

49 — Faisans de Chine.

50 — Grives.

51 — Faisane et petits.

52 — L'Hallali.

53 — Bécasse et ses petits.

54 — Faisane au nid.

55 — Faisane et ses petits.

56 — Bécassine à la grenouille.

57 — Bécasse au ver.

58 — Grive.

59 — Grive.

60 — Cheval de labour.

61 — Faisan de Chine.

62 — Piqueur Louis XV.

63 — Chasseur écossais.

64 — Le vieux Garde.

65 — Le Chasseur (Apporte!).

66 — Lion debout.

67 — Cheval de course et Jockey.

68 — Cheval rétif.

69 — Lion attaquant un sanglier.

70 — Tigre debout.

71 — Cerf au repos.

72 — Panthère assise.

73 — Panthère debout.

74 — Biche.

75 — Cerf.

76 — Les Saltimbanques.

77 — Cheval rétif.

78 — Cheval au repos.

79 — Jument libre.

80 — Braque à la bécasse.

81 — Épagneul.

82 — Épagneul rapportant un lièvre.

83 — Jument et Poulain.

84 — Cerf de Cochinchine.

85 — Groupe de bécassines.

86 — Groupe de faisans.

87 — Groupe de bécasses.

88 — Perdrix au serpent.

89 — Perdrix à la vigne.

90 — Perdrix aux ronces.

91 — Émouchet.

92 — Famille de perdrix.

93 — Famille de faisans.

94 — Groupe de hérons.

95 — Cerf de France.

96 — Daim.

97 — Groupe de levrettes.

98 — Épagneul rapportant une bécasse.

99 — Groupe de faisans.

100 — Faisane et petit.

101 — Héron.

102 — Braque arrêtant un faisan.

103 — Bécasse.

104 — Groupe de chevaux.

105 — Chien courant (au poteau).

106 — Groupe de perdrix.

107 — Groupe de bécasses.

108 — Groupe d'épagneuls (Arrêt du canard).

109 — Griffon.

110 — Veau.

111 — Braque.

112 — Courant.

113 — Chienne basset.

114 — Levrette à la tortue.

115 — Cheval.

116 — Cheval harnaché.

117 — Jument libre.

118 — Cheval au repos.

119 — Groupe (Kabyle à la gazelle).

120 — Troubadour Henri III.

121 — Châtelaine Henri III.

122 — Sous ce numéro, seront vendus les Objets
       non catalogués.

Vve Renou et Maulde, imprimeurs de la Cie des Commissaires-Priseurs,
rue de Rivoli, 144.          200—73860